KB126496

우리는 우리가 필요해

서춘희
2016년 『시로 여는 세상』을 통해 시인으로 등단했다.
시집 『우리는 우리가 필요해』를 썼다.

파란시선 0085 우리는 우리가 필요해

1판 1쇄 펴낸날 2021년 9월 5일
지은이 서춘희
디자인 최선영
인쇄인 (주)두경 정지오
펴낸이 채상우
펴낸곳 (주)함께하는출판그룹파란
등록번호 제2015-000068호
등록일자 2015년 9월 15일
주소 (10387) 경기도 고양시 일산서구 중앙로 1455 대우시티프라자 B1 202호
전화 031-919-4288
팩스 031-919-4287
모바일팩스 0504-441-3439
이메일 bookparan2015@hanmail.net

ⓒ서춘희, 2021, printed in Seoul, Korea

ISBN 979-11-91897-02-9 03810

값 10,000원

우리는 우리가 필요해

서춘희 시집

시인의 말

나보다 오래 살아온
동물이 내는 소리를
내 안에서 자주 들었다.
넌 거기서 나오지 마.
묶고 타이르고
피해 다녔다.
그 게으른 시간으로
돌아가지 않기 위해
쓴다.

차례

시인의 말

제1부

극 1980

이번 극은
극과 극입니다

사랑할 수 없는 사람들이
내가 그린 원으로
비집고 들어와
손도 씻지 않고 잠이 들고요

우연이 모래를 의미가 맹물을
삼키고 잡아먹힙니다

그렇게 있잖아요 우리
사십 년 후에도

잠깐 놓아둘 때조차 소름이 돋아서

정확히 보려 하면
정확히 갈라집니다

극 1983

동네는 한산하고
멀리 오토바이가 소리 없이 지나갑니다

당신이 동사무소에 가서
서류에 몇 자를 적기 전
무엇에 휩싸였는지 모릅니다

내가 태어난 지 삼 년이 흘렀다고 합니다

발등을 문지르는 동안
빛이 계속되던 실내

자꾸 살아야 할 일을 만들지 마
나는 문 뒤에서 혼자 말하고
웃었어요

맨 처음의 독백처럼
나무가 서 있고
덩실덩실 무화과가 열리는
장면

증명하기까지

다 드러날 수 없는 게
우리란 걸
나중에야 알았지요

희희희

다시 눈이 내리고
집으로 가는 길은 지워졌습니다

극 2060

(여든 살의 내가 쓰러진 나무에 앉아 독백을 시작한다)

난 늙는 게 좋았어. 어서 늙고 싶었어. 죽고 싶었다는 건 아니야. 죽음은 두려웠어. 생각할 수 없으니까. 일요일 아침마다 종이를 태웠어. 그해를 떠올리면 물을 뿌릴 때 내려앉던 재의 기분만 남아. (나무 뒤에서 새 한 마리 걸어 나온다) 이 새 이름이 뭐예요? 새 이름 아는 사람 없어요? 이름도 모르고 갖다 쓰면 어떡해. (새의 가슴에 귀를 가져다 댄다) 어쩜 이런 소리가 날까?

(바닥에 털썩 주저앉는다)

폭설이 이어지는데 눈이 한 줄도 쌓이지 않았어. 따뜻하게 목을 조르는 기분, 저기 어디쯤 당신이 있을 텐데 그런 생각에 잠기면 나는 걷고 있었어. 어머니는 물건을 팔았어. 식료품, 여러 종류의 과자. 다행인지 불행인지 비싼 건 없었어. 새 울음소리 같은 어머니 목소리가 늘 그리웠어. (새, 내 주변을 기웃거린다) 어머니 얼굴이 손님의 뒷모습에 가리면 그게 왜 그렇게 쓸쓸한지. (무대 뒤 설치된 벽으로 물 흐르는 영상) ○○○○○○○○○○○○○○○○○ ○○○○○○○○○○○○○○○○○ ○○○○○○○○○ ○○○○○○○○○○○○○○ ○○○○○○○○○○○○○○○○○○○ ○○○○○○○○○○○○○○○○○○○○○○ 오래 죽어 있었어. 여윈 개가 어머니의 이마에 입을 맞추었어. 푸르게 변한 한낮의 빛이 나를 통과하는 걸 실감했지.

(암전)

(막이 열리면 아무도 없다 벽에 자막)

갈 만한 거리는 다 걸었어. 나는. 나는. 짖지. 호령. 나열. 미래. 여기에선 고물을 어떻게 처리할지만 고민해. 당신이 오래전 버린 거울의 유리가 내 귓속을 흐르고 있어.

극 2021

(무대 위 양동이와 셔틀콕 놓여 있다 목소리만 들린다)

나: 왔어? 안 춥니? 그 짧은 옷을 입고.

나: 봄이니까. 배드민턴 치자. 배드민턴.

나: 잠시만. 나를 넘겨보고 있었어.

나: 옛날 노래 듣자던 시인이 떠오른다. 공원에서 불광천으로 하루 종일 배꼽 같은 고무를 튕기며 건강해졌으면.

(유리창이 돋고 김이 서리기 시작한다)

나: 같은 얘기 그만 파. 근데 왜 왔어?

나: 매일 먹던 것을 오랜만에 너한테 먹이려고 왔지.

나: 그거 맛없던데.

나: 타지 않은 어둠을 줄게. 제한적으로 처방되는 추러

스의 맛. 어때?

(셔틀콕에 노란 불빛이 반짝인다)

나: 흐름을 망가뜨리고 싶다. 사 량 열차를 타고 차고까지 들어갔어. 사실 들어가고 싶었어. 근데 사실을 말하는 게 무슨 소용이지?

나: 너무 큰 라켓을 휘두르다가 맥없이 풀린 주제에.

나: 알아들을 수 없는 혼잣말을 하다 보면 내가 낼 수 있는 힘이 참 지겹고.

나: 비를 보며 시를 쓰고 있었어. 시는 도대체 언제 그치나. 봄에 어울리는 노래는 빗물에 뜬 죽은 지렁이 같잖아. 비는 공중에서 웃고 있다. 무섭고 재수 없게.

(깃 깃 깃 날린다)

나: 매일 바위를 미는 정신 좋지 않니? 스스로에게 형

벌을 가하는 삶. 난 지나치게 빨리 흩어져. 여러 개의 공이 동시에 날아오거든. 들어찬 나뭇잎에 부는 바람. 바위와 공. 내가 느끼는 네 시선.

나: 내 얘기 말고 네 얘기 할까?

나: 네 얘기 말고 내 얘기?

(셔틀콕에 노란 불빛이 사정없이 반짝인다)

나: 마지막 게임인 건 알고 있지? 시간이 얼마 남지 않은 것 같은데.

나: 질문이 너무 멀리 있어. 어디를 보고 걸어야 할지.

나: 동문서답하자. 도톰한 흰 양말. 시작과 끝은 양쪽 창이고 실제야. 껍질에 남은 영양을 쪽쪽 빨아 대는. 근데 있잖아. 어제부터 말야. 내가 점점 불어서……

(15초 후 나는 익사한다 나도 익사한다)

극 1985

자장가를 부를 때도 더듬었다

어쩌면 좋아

네가 밤을 이렇게 파헤쳐 놓으니

다섯 시 다음 다섯 시 나는 다섯 살 일 초 일 분 다 같이
다리를 긁으면 다람쥐가 먹다 버린
껍질 같은 얼굴이 다섯

불가사의한 것에서 의문이 풀리기도 했다

갖춰 입은 옷을 벗고

다시
다 다시

제2부

밝은,성모,안과

　부끄러움 없이 나는 뜬다, 들어찬 빛을 꺼 달라고, 의사는 기다란 손전등을 좌우로 쏘이며 불편한 점을 묻는다, 너무 밝다는 거 불편하지 않나요, 시력 감퇴는 정서적 결핍을 초래합니다, 하찮게 보이는 사물이 당신의 아이처럼 자란다고 생각해 보세요, 두드러지는 증상은 누구나 비슷합니다, 보이지 않는 안쪽이 화단이라면요, 계절마다 아픈가요? 몸 한가운데 눈동자를 심을 순 없나요, 모든 질문에 답이 필요하지는 않은 것처럼, 내가 있다고 생각하면 의문이 풀리듯 꽃이 피잖아요, 나뭇잎이 죄다 나무의 눈동자라면, 찰칵찰칵 눈을 뜰 때마다 순간을 죽이는 거라면, 환자는 누워서도 편지를 쓰는 이들이에요, 보는 방향에서 보이는 방향으로 병목에서 시곗바늘로, 깍지를 끼려는 감정 같아요, 깨질 것 같지 않은 유리에 익숙해졌어요, 안식년의 하루 같은 기쁨을, 빛에 묶인 두 손을 모조리 탕진하고도 구멍 난 곳 어디 없나, 걸인이 되어도 마땅해요, 윤기 나는 털을 쓸어내리며 개의 눈을 감겨 주었어요, 좌우는 같거나 영원으로 맞춰지는 거 불편하지 않나요, 회전, 다시 회전, 목마른 빛이 떠다녀요

못 2

—

　바깥의 폭설에 기대 깊을수록 한입 한입
　가위바위보를 하면 자꾸 녹이 스는

　개에 대한 우정이나 길고양이에 대한 연민과는 먼 방
식으로
　보이지 않는 이웃에 감사했다

　사소하고 투명한 십이월의 텀블링, 머리와 발끝을 헷갈
려 짚으며 별 다섯 개를 받았다 언 운동장으로 이제 막 태
어난 바람이 불어왔다

　악어는 입을 까마귀는 정수리를 늙은 개는 상한 뿌리
를 문턱에 대고 문질렀다 방에는 일어서려고 노력하는 사
람이 있었다

　이 층 세탁소 옆 영어 교습소에서 혼자만의 발음을 따라
했다 테두리 없는 표정이 전속력으로 나타났다

　손가락 사이를 벌리는 못의 끝을 보면
—　짓게 되는 표정

밤도 별자리도 꽉 차 버렸을 때

거울 속 사그라지는 어둠을 바닥까지 핥았다

못 3

—
여러 번 전문가가 다녀간 후에도 가늘게 굽은 틈이 생
겨났다
하자가 많았지만 우리는 지치지 않고 움직였다

몸을 일으키면 빛 드는 자리가 사라졌다

뭔가가 나를 감시하는 것 같아
잠을 잊은 사람은 입술을 오므려 웃었다

다리가 몇 개일까
분명한 슬픔을 껴안을 수 있는

그것을 죽이는 꿈을 꾸면
너무 습해 결론이 나지 않는다

친밀함이 무섭게 번식하는 동안
먹다 남은 얼굴은 어떻게든 연결되었다

이런 일은 누구나 겪으니까
꺼내어 보면 보란 듯이 짓물러 있다

누추하구나

장마가 가까웠는데 어렴풋한 생각으로
생의 각을 벌려 놓는 일이

충동은 아름다운 미래를 가꿀지 모른다
범람할수록 범람은 범람 아닌 것이 되어 버리고

다정도 하게 설명 없이 우는 못
존재와 재료를 구분할 수 없는 하루가 시작되었다

못 1

—

방은 차고

동전은 언제 죽나 그런 질문이나 하면서 오후를 보냈다
그다음은 비어 있었다

밀가루와 달걀을 뒤집어쓴 녀석들이 찾아와 돌을 던졌
다 이유 없이
키득거리고

담을 따라 유리 조각을 심었다 푸르고 투명한
자국을 원했지만 이 말을 누구에게 한 건 아니었다

더 기쁜 손뼉을 쳐야 할 때 나무에 불을 붙였다
다음 해에도 다음 해에도
엇갈리게 쌓은 가지가 타올랐다
마당은 유리에서 튕겨 나온 빛으로 가득했다

나중에 떠올리면
어째서 아무 소리가 들리지 않을까

궁금한 사람은 웃어야 할 곳에서 웃지 않아 혼자였다가
웃다 혼자가 되었다

귀에 붙은 불처럼

처음 쓴 반성문과 괄호 속 정답이
하양에 어울리는 눈썹을 타고 미끄러졌다

숨는 사람
―희고 살아 있는 케이크를 먹었다

1

슬프기보다 슬픔을 앞세워야 하는 일이었다 창으로 고
개를 돌린 이들이 오늘, 오늘, 오늘 울었다
오래된 비밀은 우리의 부화를 촉진한다

1

뒤통수는 볼 때마다 사라졌다
손이 닿지 않는 높이에 걸린 나는
청둥오리를 보며 편안한 마음을 배운다
곤두서고
좀먹고
짓궂은 농담을 하는
밤의 호숫가에서

1

줄무늬 양초 위에서 얼굴은 흔들립니다
미안하기보다 미안을 앞세우는 날
태어났대? 태어났대
희고 살아 있는 케이크
당근 코를 한 어린 동물이 훈계한다

나만 아는 꼬리가 있대

1
전망대에 갔다 싸울 준비가 된 사람처럼 서 있었다
시선 밖에서 사납게 가려운 털 속에서

어디까지일까
읽지 않은 메시지가 쌓여 있다

숨는 사람
―이른 아침이 왜 가위 같은지 아니

이쯤에서 물러서 있는 상태는 기억의 겉옷이다 이 옷은
너무 작다
갑자기 켜지는 초록

연소를 확실히 하기 위해 뿜어 주세요 (애인의 말은 아
니다. 한 사람이 위축되거나 무력해질 수 있는 사건을 짚
어 보려는 것이다.)

둥둥 떠 있다 너와 함께
양손에 쥔 도구 = 말할 수 있는 순간 or 전해 내려오
는 밧줄

어디쯤 왔다는 거야
네 목소리는 들리지 않고 내 목소리만 들린다
통화가 연결되지 않아 지구 밖에서 덜덜 떨고 있을 너

더 꼽을 자리가 없는데 선이 들어온다

해제 해체 해롭다 해결 해치다 해명(아는 '해'를 적어 본
다. 의미 없는 생생함으로 오이나 단호함은 '해'이다. 사건

의 확장을 지켜봅니다.)

　지운다, 너의 세계를
　오늘부로 너는 마디가 없는 무지개

　미래의 네가 하는 말이 들린다
　이런××당신그러고도×이렇게멀리나를×당신은이제
××도아니야×당신은내×지×지×벌써몇번×

　이른 아침이 왜 가위 같은지 아니

　창문 시트지마다 붙은 눈

　날씨를 믿지 않고
　켜 놓은 하얀 잠 위를 설치는 사람들

　너는 여기 있습니다 무엇으로부터 비롯되어 여기
　삭막하게 긴 꼬챙이 같은 빛이 파고든다
　길길이 날뛰면 모두가 똑같이 말한다
　아니오, 곧 재워 드리겠습니다

오늘부터 너는 타오르는 점, 나를 밀치며 퍼져 나간다 불
도 켜지 않은 우주로
　주황색 신호등 점멸하는 왕복 무한 차선 도로로

　미안하다는 말은 감전을 일으키기에 충분해
　조용히 쉬쉬하자

　오늘의 비약은
　더 짓뭉갤 표정도 없음

　음소거된 죽음을 지켜본다
　나는 맨발을 끌며 걸었다

숨는 사람

―빛은 끔찍하다 비타민 냄새처럼

입술은 왜 두 겹인가
말을 하지 않을 때에만 살아 있었고

누군가를 있게 한 존재로서
부풀었던 적이 있지
그때 비참을 알았더라면

여자는

동네에서 먼 곳까지
자주
발견되었다

거리의 목소리를 들으며 금이 간 유리를 가려냈다
    왕이 없는 나라에서 모든 전선은 무기로만 사용된다며
철거를 요구했다
    버려진 신을 신고 구겨진 신(神)의 몽타주를 붙이고 다
녔다

암시했다

만개한 잎 떨어뜨리지 않는 나무 아래서
그 빛 다 보았노라고

광장에서 옥수수밭으로 행려요 병자요
오래전 나무 의자
읽지 않은 메시지
아니
아니었고

몇 번의 폭식과 극도로 삼가는 것, 근접한 겨울
빛은 끔찍하다 비타민 냄새처럼

숨는 사람

—오빠와 아빠가 만나면 오바이트가 된다

내 귀를 내가 깨물 수 없나
수박은 온전한 표정을 가질 수 없다
여름의 끝은 거울 속에서 순환한다
잠깐씩 사라진다
청력이 다한 뱀처럼

화분에 붓고 남은 물을 마신다

이제까지 닿은 물을
 생각하면

—

비에 젖은 호두파이를 먹고 오토바이를 끈다

바퀴가 있다 바퀴가 있어 어디까지 갈 수 있는 바퀴
젖은 흙에 자국을 내며 마을
밖으로 사라지는 바퀴
안개 끝에서 밀려오는 엉엉

가져와/없어요
가져오라구/없다구

—

　오동나무 가지로 손바닥을 때리던 박새/제 몸에 기름
칠하고 부르르 떨던 도정 기계/웃자 애야, 한 번만 웃자/
ㅜ는 박새를 빠져나올 수 없네/마당의 플 뽑아라/박새 몰
래 불을 놓는다/담요 속에서 주인집 둘째 오빠가 그랬어
요/나를/담요는 자꾸 불어났어요/그림자는 아카시아 향
에 취해 쓰러졌어요/박새 아시안 게임을 본다/환영은 그
를 가둔다/병과 잔이 떨린다/나는 잔가지를 물어다 부려
놓는다/덮어 놓은 구덩이에 누가 빠질까

—

이 비는 언젠가 게워 낸 적이 있다

—

제3부

파종

　가지런히 눕는 법을 익혔습니다 때맞춰 차가운 밤이 돌고 머리를 맞대자 동시에 자라났습니다

　연둣빛 손목에서 물방울이 구르는 아침까지 사랑했습니다 끝없는 비닐에 갇혀 웃었습니다 빗물은 버려진 목구멍을 파고듭니다 소리 없이 언제부터 그랬을지 모르는 일에 무릎을 꿇었습니다

　흙을 파헤치듯 들어섭니다 주머니마다 텅 빈 곡선이
　맑은 집에서 미끄러운 돌까지 새의 따뜻한 거기를 느낍니다
　주저앉지 않을 소문에 기대 향방 없이 나아갑니다

　어디선가는 모두 돌아오는 밤, 약간의 도취가 필요합니다
　불안한 안개 속에서 개들이 목줄을 풀 때

　설명할 수 있나요 꿈에서 핀 불이 번져 오는 것
　매캐한 기도를 듣지 마시고
　두 눈의 마지막까지를 보세요

살갗이 찢어지도록
한 뼘의 깊이를 갖기 위해 태어나
점령당하는
알지 못하는 땅속에서

덤불

근대와 현대

내 목소리가 들리니
묻는 하루

불을 켜면 춥고 눈을 뜨면 한없이 추락한다 사월

어째서 사월이지 새로 생긴 스타벅스에서 조금씩 산
소가 줄어드는 아담한 재난을 맞으며 스콘을 먹고 모래
를 흘린다
어두컴컴한 물을 마신다

고요하다
생각 속은
피 터진다
생각은

공원과 수용소는 가까운 위치에 있다
앱을 켜자 수십 개의 점이 찍힌다
박하-독방-사탕-기찻길

만 보 이상 슬픔을 따라 걷기
만 원 이하로 영양을 섭취하기

비극은 나를 고립한다 검은 비닐봉지를 씌운다
매일매일 똑같은 문장을 써서 보내는데 답장이 오지 않
는다

시를 읽었다 소리 내어 크게
개가 개를 보며 짖는다

토할 것 같다
비를 비가 내리는 것처럼 쓰면

꿈에서 나는 홀로 높은 의자에 앉아 있었다 창밖으로 물
이 차오르고 어슴푸레한 형태가 내 목소리에 맞춰 느리게
움직였다 짓무른 토마토와 푸른 가지와 잎이 떠올랐다 살
아 있다고 생각하니?
뒤집히는 물의 내면

디스토피아 디스토피아

잊지 말아야 할 일을 반드시 잊게 되고 추모공원 나무 계단에서 흙이 묻은 신발을 털었다
줌이라 할 수 없는 줌을 추고 네 뺨을 만졌는데
빛처럼 팔자걸음으로 빗금을 밟거나 빗금을 우습게 여기며 벽과 나무와 기둥을 툭툭 치며 지나갔는데
오늘은 이름 없는 녹슨 표정의 피어싱
싸라기가 나리고 우리는
복분자주를 마시고 마시고
붉다가 붉은 물이 되어 버린 열매처럼

교묘하게 서로 익사시키는
밝은 밤, 밝은 밤이 좋다
단련 단련
늘 그렇게 해야 한다고 생각했는데
누군가한테 하려던 복수였던 것 같다
익어 가는 달이 구름 속으로 들어간다
차분하게 실패하고 싶어
거짓을 말하는 기분으로

고봉산으로 습지공원으로 사이사이 벌어진 숲으로 천
성 천형 천치가 나란히 웃자란 봉분까지
벌거벗고 가 볼까 이른 아침이 오면
우리는 우리(cage)가 필요해
콧구멍이 데일 정도로 뜨거운

이건 아무것도 아니야 나는 아무것도 아니지만
끔찍하게 아름다운 네가 어딘가에 있다고 믿는다

형통

    목수의 아들은 목수가 되고 작은 집은 작은 집이 되었지 짝짓기를 하고 돌아가며 나누고 서툰 발음을 입가를 훔치는

두 발은 가늘었어 미래의 두 발은

반대로 반대로 돌다 보니
절반만 남은 마침표야

잔털 무성한 우리는 쓴다
날마다 떠오르는 미끄러운 씨앗에 대해
누구나 삼킬 수 있는 허기에 대해
허물을 벗지 못하는 뱀의 두려움에 대해

빛이 이끄는 대로 3/6/9 빛이 꺾인다

무엇이 참인지 참이 아닌지 형,
형은 왜 깨지지 않아

죄다 노랑인 계절 점박이시궁창고깔모자를 쓰고

탈각된 받침과 무른 눈곱과 반달의 엥엥거림

변-성-기-들, 불붙일 가장자리로 몰려간다
귀를 틀어막고 타일 향기를 맡는다

계급 없이 빨고 싶어
아무쪼록 입술을 다치지 않는 게 전부일지 모르지만

번들
번들

마른 잎으로 싼 기분을 태운다, 죽은 척
좌로 우로
목이 꺾인다
뿔뿔이 부어오른다

뚜렛

넌 너를 그릴 수 있니?
무수히 떨어지는 분말

일 초마다 바뀌는 꿈을 꾼대
형식 없는 인사를 종이비행기처럼 날려
비좁은 역사 어디로 가닿을지 모르는
접히지 않는 한쪽 날개를 비빈다
랩핑된 한쪽 날개를 버린다

*

불규칙한 비가 옵니다
구름 범벅을 하고
서, 서툴러서 미안

나는 왼쪽의 기분이야
끼워 본 적 없는 글러브

훅
훌

—

흑

침묵하는 운동
그런 연습을 해 본 적 있니
나를 잠재우는 손은
내 것이야

*

좋아하는 압축은 '매우'
매우 느끼고 매우 달랜단다
꽤 그럴듯한 매우와 편의, 점
마을과 버스를 탄다
일어났다 앉으면
코가 깨질 것 같아

훅
흗
흑

—

엄마 손잡이 식초
바나나우유 기린 인형

대신할 절규를 하나쯤은 챙겨 두는 것도 좋다

진입한다요
까맣게 타 버린 동선

내리실 문은 어디에도 없습니다

●뚜렛증후군: 불수의적 움직임과 소리를 반복적으로 보이는 신경 질환.

스몰

—

언젠가부터 스몰, 스몰
저미듯 태어난다

영원으로부터 하루는 공포로부터

박하라면 목이 환해지는 스몰
작게 더 작게 웃는 사람들 작게 미친 사람들

풀려 버린 이름은 s-m-a-l-l-

세상의 기둥은 달콤한 고통으로 이루어진다는데 유익
한 종말에 대해
셀 수 없이 발기하는 나는
내면에 꼬인 주름
마취가 안 되는 실패한 음악
쉼표를 구부리면요

오요요—

—   안녕, 그래 안녕

속눈썹 하나씩 건져 올리는 재미가 있지
눈밭을 걸어 오줌 누러 가는 남자와
해변가 텐트에서 자위하는 여자를 훔쳐봤어
스몰, 스몰 흘러내리는 영혼을 펼쳐 놓고
여린 꿀벌의 어깨를 복합적으로 느낀다

음표로 일기를 쓰는 이들
주먹을 수집하는 수집가의 두려움

있잖아 우리
제 안의 짖는 스몰을 묶고 감상하지
엎어 놓은 그릇 속에서 콧구멍을 후비며

오요요―

이런 파열
이런 구취

솔솔 바늘을 뽑아 버린 우리는
놓친 리듬 안에 있다

던져질 수 있는 작은 크기로

나에 가까이

몇 개의 내가 더 필요했다. 하품이나 하자며 달려들던 벤치는 지워졌다. 나를 들이는 밤의 한가운데였다. 깎아도 깎아도 달라지지 않는 나를 쥐고 있었다. 바삭하게 구워질 그림책을 쓰고 있었다. 뭉툭한 말풍선을 밀어 넣자 대화가 생겨났다. '소란스러운 자네 생각은 어떤가' 소란스러운 자네 생각은 어떤가. '복도를 걸을 땐 목이 아팠다네' 복도를 걸을 땐 목이 아팠다네. 바람은 여섯 번째 나에게만 머물렀다. 우리는 늙어 버린 공원에서 우연히 만났다. '나야, 방금 몇 줄의 내가 더 생겨났어' 나는 그와 그녀, 막 갈라진 나뭇가지였다. 매일 밤 서툰 증언에 시달렸다. 방마다 붉게 열이 오르면 차가운 거즈를 대듯 달이 떴다. 고요하고 깊은 말더듬이의 자장가가 흘러나왔다. 푸른 새벽을 향해 몇 가닥의 수염이 떨렸다. 나는 자리를 옮겨 가며 나에 가까워지길 기도했다.

파의 수척

그날 파는 길었고 보고 싶은 여름이 요동친다

누구나 땅을 팠으므로 불분명하게 땅이 갈라졌다 주말
마다 파를 지켰다 흙과 물이 뒤엉켜 싸우는 동안 파는 과
민했다 분사할수록 발 없는 세계를 일삼는 사춘기였다

갈 데 없는 날이 많았다 그럴 수 있다 잘 떨어지지 않
는 웃음이 자라니까
보기보다 매끈하지 않았고 종종 샛노란 뒤통수로 돌진
하기도 했다

이렇게 파를 알아 가는구나 할 즈음 지독한 오독이 왔다
어려운 일을 써 붙이고 다녔다 난데없이 벗겨지는 볼멘소
리는 어쩌지 못했다 창문 앞에 선 흐릿한 파는 자주 기시
감에 휩싸였다 장난은 그만하자며 입구를 지키던 검은 아
이가 떨어진 뿌리를 물고 찾아왔다

현명하다 모든 어린이가
더 자랄 생각이 없는 파 자체로서

평생 이렇게 살리라 작정한 마음은 어디에도 없는 파의 모음으로 휘어갔다 인류의 걱정이 모아져 파는 수척해지고

삼가 노랗고 고약한 파를 위해 기도하는 이들이 늘어갔다

파의 벗어남과 파의 자유로움 혹은 자유롭지 못함에 대해?

삼을 수 있는 파와 삼을 수 없는 파

세상은 파를 심사하는 일에 파묻혀 있다

파 파 파

파의 생동

파의 음률

나는 나의 파를 위해 싸운다

발뒤꿈치를 들고

파헤치지 않는 작전 하나로

오늘 밤도 격렬한 파가 바람에 스치운다

自

　자, 지금 보시는 작품은「속눈썹이 도드라지는 두상」입니다. 작품의 모델은 1940년경 어두운 자신을 가까이 보기 위해 어둠이 되어 버린 A입니다. A와 그를 모델로 한 작가 a는 연인 사이였다고 합니다. A가 a의 집에 물건을 훔치러 들어갔다가 둘은 사랑에 빠지게 되었습니다. 우리는 A의 속눈썹을 사랑하는 a를 느낄 수 있습니다. a는 평소 속눈썹에 대한 애착이 많았다지요. 도끼에 속눈썹을 올려놓은 작품이나 속눈썹을 수북이 쌓은 접시 그림에서도 이러한 점을 알 수 있습니다. 다음 작품은「팔과 다리를 밀어 넣은 몸통에서의 생각들」입니다. 두 사람은 창가를 서성이며 "아이들의 방문은 언제나 즐거워" 읊조리곤 했답니다. 작품에 대한 영감이 떠오르면 결연하게 서로를 마주 보았지요. "모르핀처럼 네가 무섭게 이뤄지고 있어" "소나기 후에 소나기가 오네요" A가 사라진 날은 발보다 큰 슬리퍼를 끌고 처음 외출한 날이었습니다. a는 피콕펜의 깃털을 느끼며 메모를 남겼습니다. 종이봉투를 초과하는 아름다움에 대해. 우리는 왜 스스로 가시를 심으며 태어나는지.

생강

네 면 이상의 내면
집어먹은 마음은
갈수록 잘 들리지 않는다
울퉁불퉁한 옆구리를 긁으며
아침마다 명상을 해 본다
클래식 FM을 듣다가
oui, oui
천장을 주목한다
긍정하는 입과 시선이 따로 논다
제1의 법칙. 생강은 분리주의자다
펴지지 않는 주먹으로 무언가를 할 수 있다고 믿는다
파도의 주름을 몰아붙이거나
게르 같은 밤 구름 아래서
심하면 착한 아이처럼 기도도 하지
결벽과 결박에 능통한 어린 신과
완성된 그림의 오 초 전에 대해서도
제2의 법칙. 생강은 나타난다 말을 늦추면서
맨 마지막 단어를 만지작만지작
왼손잡이의 말더듬이 봉지 속에 있다
절대적으로 생강하기에 달렸다

눈을 감고도 한눈을 판다
유일한 네가 유일하게 변했다
그럴듯한 핀잔을 듣는다
제3의 법칙. 생강은 굳지 않는다 다만 부패한다
주어진 현명함을 바라는 바의 꿀처럼 사용한다
겨울과 밤의 의지는 교묘하게 뒤섞여
노랗고 고약한 향이 난다

생각할 수 없는 일

그날 거기를 나왔다 버스에서 가방을 열어 보니 그래 온
갖 장난 같은 양말이, 주머니가 빈 주머니를 끌어안고 발
목을 조이면서 나를 버려 주세요 웃고 있었다

불빛이 어른거렸다
기억이 되살아났다
교도관은 말했다
오늘은 꼭 찾아야 한다고

밤은 축축한 양말 속 같지 않니

한 짝을 잃으면 노란 침을 뱉고
희미하게 한 짝을 경멸하다가

무늬를 사랑하지 않는 방식으로
궁둥이가 물빛을 어기는 방식으로

오리 그래 오리
수면 위로 분명한

우리는 서로에게 없는 질문과 답으로
날이 새도록 꾸벅꾸벅
목이나 조이면서

그래 밀어 넣고 싶다 뜨거운 네발을

어디로 옮아가는지 모르는 동굴 겨울 동물들

아늑한 벽이 무너지도록 찬다 만두를 먹으면서 쫄면
을 먹으면서
불행을 모르는 감자와 하얀 생밤을 먹으면서 찬다

어때 어때
발자국이 찍찍 찍히도록
찬다

잠 속에서 머리를 감았다

이 모든 일의 원인이 거기에 있다는 듯
너에게 순순히 따라오라 명령하였다

지켜보던 나무를 발로 찼다
어디선가 툭, 둥지가 허물어진다
수백 그루의 얼굴을 보면서
놓인 돌멩이 하나 치우지 못했다
돌아보는 눈동자 속으로 더 환한 나락을 밀어 넣었다

다 풀리지 않아 신비로운
잠 속에서 깨끗한 머리를 감았다
나무의 어깨와 무릎은 한 사람의 과거와 잘못처럼
쉽게 구부러지지 않는 쪽을 향해 있다

무섭게 번지는 식욕으로
닿지 않는 거기까지 파고들었다

흰개미들이 달아나고 있었다
꼭지가 없는 차가운 말을 밀어 넣었다

바람의 입술이 부르트도록
네가 빠져나가지 못하도록

그런 곳에서 너를 듣는 일

우두커니 옆을 두고
긴 목을 만진다

망점

우물 안에 개구리가 빠졌어요
—그건 다행스러운 일이잖아
—많이, 아주 많이요

젖은 베개를 베고 누워
목련은 유난히 악력이 세다고 말한다

너는 자꾸 청소를 한다
—너무 밝아서요, 세 갈래의 빛이 개구리 발자국처럼
찍혀요
부스럼의 부스럼까지 긁어내면
이제 그녀는 종교가 없습니다

미지근한 물을 받아 놓으면
숭고한 일기를 쓸 수 있을 것 같다
휩쓸려 가는 염소를 세며 즐거운 상상을 합니다
새겨지지 않은 문장을 또박또박 읽습니다

다리를 건너는 남자의 왼쪽으로
가스선이 유유히 지나고 있다

어느 쪽이 과연 허물어질까
물을 주는 벽과 스프링이 튀어 오르는 벽

맑고 맑게
나를 찌르고 싶다고 말합니다
거미를 포식하는 도둑거미처럼

거기 있다는 것에서
비롯하는 스위치

깜 깜
깜 박

선뜻

어제는 환한 알약을 삼키고
입이 없는 꿈을 꾼다

다른 살갗이 된다
누가 불을 껐을까
당겨 보면

우리는 가까운 곳에 마주 앉아 있다
자정을 삼킨
빈 화살처럼

길고 꺼끌꺼끌한
자라남을 멈추지 못해 휘는

타이를 필요가 있을까

노랗게 큰 머리를 끄덕여 본다
물방울에 가두어 두지 말자고

상냥하고 더없이 무기에 가까운

무력함과 축소된 언어로서

노래 같다
형벌인가

나의 연약함이 너의 가장 협소한 곳에
가닿으라는 전언

제4부

당신은 나를 나무라고 생각한다

당신은 나를 나무라고 생각한다 큰 귀에 쌓인 먼지를 당신의 어제와 동일시한다 불어넣을 말이 많구나 까슬한 껍질이 떨어지면 우산을 접고 담요를 덮는다 『나무의 슬픔』이라는 책을 들고 찾아와 실은 아무것도 아닌 슬픔을 올려 둔다 그러니까 언젠가부터 당신은 나를 키운다 비밀을 옮겨 적으며 줄을 친다 노란 무와 병아리와 오리를 본 적 있니 막 벌어지는 봉오리는 어떠니 노을에선 얼음 갈리는 소리가 난다 이럴 땐 살갗이 일어 넌 상상이 얼마나 해로운 줄 알지 당신은 악수 대신 나를 포옹한다 문을 열거나 닫지 않고 매달리는 풍경이 된다 그건 슬픔을 간직하는 방식이다 일치하지 않아 가능한 각도를 생각한다 들어가 본 적 없는 방의 질감을 생각한다 지루하게 뻗어 가는 구름을 물에 개어 준다 영원하지 않은 꿈을 꾸렴 시계탑 아래서 우연히 만난 사람처럼 발등에 그림자를 떨어뜨린다 나를 길—게 부른다

칠월 목록

—

　잠든 이의 숨소리를 따라가 본다 무릎을 꿇고 상자 속
으로 들어가려는 사람처럼
　달콤함이 당도하는 곳은 어디인지 묻고 싶었다 낮잠과
입술과 잎이 큰 꽃

　만지면 불안한 것들
　귀퉁이가 닳은 비누를 문지르면 종잡을 수 없는 방향으
로 흐르기도 했다

　유리를 사이에 두고 새가 발목을 가볍게 긋는다
　새의 형상은 새의 마음일지 모른다
　두고두고 자라지 않는 마음이
　여윈 새를 띄우기도 하는구나

　검은 봉지에 싸인 지난여름은
　조약돌처럼
　나를 내려앉힌다

　마디 없이

—

자꾸 말을 잃는다
분명 여기 있던 숨결이 코끝에 닿지 않는다

남는 것과 남겨진 것
얼음은 녹기로 한다
눈앞에서 선을 고친다

낙차가 심한 기억이 우리를 살핀다
풀밭에선 걸어 둔 옷을 입고 바스락거리는 죽음을 만
진다

들리지 않는 대화에 귀를 세우면
하나와 둘이 동시에 일어섰다

토당동

저거 봐, 네가 말했을 때 그 새의 흰 뺨.
누구에게나 한 번도 색 입지 않은 부분이 있지.

피할 수 없는 무덤을 밟고 더는 올라설 수 없을 때 살구
밭이 찾아왔다. 살구는 둥둥 떠돈다는 느낌. 우리 주변은
사라진다는 감각을 받아들였어. 장미아파트를 지나 낮과
밤. 다시 밤의 밤. 어쩌다 베인 손가락을 쥐고 걷는

마그리트, 빛의 제국, 길눈이 어두운 개

기억나?
기억나, 모든 것이

이렇게 밝음이라니

비스듬하게 세워진 우리는 빈손으로 돌아왔지. 저녁에
는 울음이 깃들어도 아침에는 기쁨이 왔어. 획득되는 무
엇 없이도. 이를테면 어긋난 목뼈를 맞추며 네 밑에 깔리
는 거. 요새의 한가운데서 돌아오지 않을 게 분명한 얼굴
을 갖는 거.

마지막의 살구처럼, 네가 당도했다면
거기서 듣고 있겠지

도드라진 무늬를 천천히 꺼내 입자. 이렇게 아플 예정이
야. 우려했던 일이고 난 다 생각했어. 이미와 혹시까지. 넌
내 머리를 쓰다듬었지. 우리는 불손해질 필요가 있다며.

달이 밝아졌겠어, 안 밝아졌겠어?
이건 너만 아는 농담이라고 해 둘게

편지 형식으로 대화를 하면 동시에 두 개의 마음이 구
부러진다 보이지 않는 깃
깃 깃을 모은 형태로 머리를 조아리듯이 서로에게 다
가가면서
닿을 듯이 다가가면서

참는 순간이 없어질 때까지
너를 떠올린다
푹푹 끓여 놓은 카레가 식는 동안

떠올린다 너를

우리도 제국처럼 희미해질까?

조금씩 고쳐지는 그림의 무지개처럼
우리를 놓친 날씨를 미워한다

기억나?
기억난다, 모든 것이

흰색 회화

애써 기억할 필요 없는
기억 같은 거 아닐까

그을음이 묻은 장화를 아직 신은 나는
사그라지는 대화를 그대로 둔다

눈이 오면 찾아가곤 했다

덮인 눈송이 하나가 마냥 부풀어 올라 사방을 열어 두
었다

함박

이마를 가린

빛과 들리지 않는 대답

욕조에 누운 것처럼 알맞은 기분이 들어
오물거리는 입을 보면 살갗에 눈송이가 닿고

마주 보는 고립 속에서 자라는 고독이나 심각한 대치
흰 배경을 두면 그런 일을 견딜 수 있다

지붕과 나란한 어깨에서 초승달이 솟는다
먼저 걸어 놓은 달에서 얻지 못한 감정을
나는 느꼈고

물이 흐른 자국이나 비벼 버린 재가
달의 무엇으로 작용했는지 생각한다

깊숙한 주머니를 털듯
여름 찻잔 속 눈보라가 일고
흰 면에 흰 줄을 칠 때
각자의 얼굴 위로 떨어지는
농담의 형상

이럴 땐 꼭 날이 흐리더라

아름답지만
어떤 건 끔찍하고

먼저 울지 마

마르지 않은 그림으로 돌아가려고 당신은
분무기를 들어 칙칙
물을 뿌린다

너는 코코넛

너의 말은 온도에 민감하다 하나씩 굳고 다 같이 녹기
도 한다
가끔은 그게 싫었다 어디에나 우리가 있는 기분

나는 배꼽에 코코넛오일을 떨어뜨렸다
네가 올 줄도 모르고
저녁을 이르게 먹고 누웠다

꿈속에서 네가 "꿈"이라고 할 때
꿈 꿈 꿈 꿈꿈 꿈 꿈 꿈꿈 꿈 꿈 꿈 꿈꿈
솜털이 뭉친 벌레 열차가 지나갈 열매껍질

너는 자꾸 넘어진다
베이커리에서 상자를 꺼내다가 식당에서 잃어버린 신
발을 찾다가 나무 아래서 담배 연기를 바라보다가
공중으로 솟구친다

너는 급료도 주지 않는 꿈 주식회사에 나를 취직시켰다
낮보다 질긴 얼굴이 한 꺼풀씩 밀려와

나는 의자를 바싹 당기고 망각의 요소와 망각의 반대
말을
　　망각이 해치지 못하는 여건에 대해

　　막차는 몇 시에 끊기나
　　여기 교통정체는 말도 못 해
　　충돌 없이 눈이 부시기만

　　극적인 순간이 없는 모자 속
　　비누 맛이 나는 비를 맞으면
　　꿈은 언제까지 계속 이루어진다

　　어디 있었어 아픈 덴 없니 밥은 먹었어?
　　챙겨 준다 죽은 네가 나를

　　후회하고
　　이 후회가 얼마나 미끄러운지 안다

　　어디선가 날아온 공이 계단을 잊으며 굴러간다
　　육각 육각 육각 육각오각 육각 육각 육각 육각육각

나는 커다랗고 우아한 과육을 좋아하지만
너는 발끝에 힘을 주고 멈추는 연습을 한다

여과

　기형을 본뜬 형태는 의외로 많다 절벽이었던 곳에서 메
뉴를 고른다 신의 안경 같은 물 잔 두 개 인도를 벗어난 아
이들의 발걸음 나란히 놓인 젓가락 조명은 가까운 몸을 비
춘다 너와 나 사이 테이블은 벌써 어두워지고 있다

　이름을 대지 않아 평온할 수 있는 밤 열린 문을 가지
고 노는 강아지 격렬할수록 감정하지 그날 공기는 매우
탁했어 소리 없이 올라가는 엘리베이터 숫자처럼 우리
는 가늘었다

　젖는다면 같이 부패할 수 있다 비가 오면 비를 알 수 없
다 눅눅한 창문을 갈아 끼우는 요일마다 토마토 같은 부레
가 뜬다 매달려 발가락을 세는 빗방울과 이참에 버릴 것은
죄다 버리자고 짐을 싸는 너는 다부지다

　주먹 안쪽에 자라는 식물 그런 유에 대해 나는 모르지만
　고백은 여행지의 터널 같다 빠져들어 가는 혀가 점점
보이지 않는다
　더 나빠지지 않는다

여과

—

　가끔 내가 할 수 없는 말을 그에게 시키곤 했다 그는 나의 아내였던 사람이고 불명예를 입고 자신의 자리로 돌아간 사람이기도 했다

　친척이 있고 가정마다 이웃이 있고 베란다에는 잘 자라지 않는
　나무, 주말여행, 조용하게 구르는 크기

　식사를 할 때 불쑥 일어나 긴 조명을 건드릴 때
　후회하지 않았다

　더 작게 쪼개는 집요함 그는 닿을 것 같은 각도를 재려고 손가락 사이를 벌렸다
　있잖아, 무른 꿈, 다 설명하고 싶어
　동굴 속에서 촛불을 든 사람처럼

　무중력의 밝은 미래가 떠다녔다

　우리의 일부는 치우지 않은 껍질을 따라 돌고 돌았다

—

미세한 먼지가 들이쳐도 컵이 넘치도록 물을 따랐다

트랙을 망가뜨리자
그는 무덤덤한 표정으로 말했다

멈춤 표지판을 걸고
허물, 허물, 힘을 주어 빠져나가는
한 사람

내가 알기로 그는
오랜 나쁜 기억에 끌려다니다 나를 만났고 종교가 없다
매일 자신이 쓴 것을 소리 내어 읽었다

탄성

삭막하지 않은 어둠을 저을 때 국물이 술렁입니다. 몸을 겹친 바늘은 가까스로 숫자를 읽어 내려갑니다. 입속을 빠져나오는 푸른 심줄처럼 당신과 나의 저녁은 잘 씹히지 않죠. 퀴즈쇼는 사람들에게 문을 열어 주었어요. 영원할 것 같은 정답을 외치며 버튼을 누릅니다. 번갈아 뻐금, 소금과 설탕은 여전히 헷갈리지만 문제를 맞힐 수는 있죠. 꽃을 목에 건 인도 소년의 큰 이. 적도를 배회하던 우리는 기꺼이 신발을 벗었지요. 쥐었다 놓을 때의 탄성으로 문제가 바뀌기도 해요. 당신은 주관식 나는 객관식을 좋아합니다. 통통한 면을 감아올릴 때 식탁 위로 떨어지는 눈송이들. 비밀 같은 기포는 간지럽기만 해. 무관한 날씨를 탓하며 당신은 패스를 외칩니다. 점점 벌어지는 고통을 응시하는 창문. 힌트가 주어지는 타이밍! 굽혔다 펴는 팔에 매달리는 물음표, 넣을까 말까. 아껴 먹으라는 듯 비가 오네. 화들짝 뛰쳐나간 제라늄을 잡아 와야죠. 자, 다음 문제입니다. 달콤하게 초인종이 울렸습니다.

희고 고른 면을 건질 때

　지금은 어디까지 이어져 있을까 짐을 싸거나 잠을 청할 때, 돌아가고 싶은 곳으로 돌아갈 때…… 어제의 파도는 나를 문질러 오래된 가구를 만들지도 모릅니다
　드러난 모습에서 어디에도 없는 그늘까지…… 우리는 그렇습니까

　　　　　낙관이나 구원은 이른 시간 눈을 뜨게 합니다
　　　　　　　　이지러진 얼굴을 떼어 낼 때
　　　　　　　　　수면 위로 올라가는 거북이
　　　　　　　　갑자기 그런 장면을 떠올립니다
　　　　　　누가 한 말이 자꾸 너를 쳐다봅니다
　　　　잠겨 있다는 것에 대해 직접 말할 수 있습니까

　파고드는 햇살을 밀어― 넣고― 네가 있던 곳이야,
　가리키는 순간 갈라진 가지가 더 멀리 자라고 검거나 흰 눈송이가 무자비하게 떨어지는데 모든 색은 굳은 후에야 시작되는데
　색의 비밀을 알 수 있습니까

　　　삼키지 못한 내가 삼키고 싶은 나를 끌고 갑니다―

흘러넘치기도 해—

되풀이되는 시점이 생겨나고

아마도 너는 겨울눈 속에서(겨울눈 속에서)

사용하던 것을 여전히 사용할 것입니다

나는 혹 네가 아닌 다른 장소를 돌이켜 보지만

흰 것은 희게 남아 가장자리를 조금씩 지울 뿐입니다

근린

우리는 양호하다
몸을 비틀어 보는 공원에서 픽토그램의 실루엣에 빠
진다

그는 항상 그다 옳다고만 볼 수는 없지만 울퉁불퉁한
면을 뭉개는 움직임은 실수가 없다 순서에는 다음이 있
다 전과 후는 발라먹은 생선처럼 외롭게 놓이는 것에서
발생한다

뒤통수 감별사들이 긴 장갑을 끼고 안경을 닦는다
일정한 흐릿함은 시각을 이루는 뼈라고 한다

장갑 속 손가락이 가릴 수 없는 것
이웃인가? 남겨진 말을 생각하다 잠이 든다
부서진 옆을 만질 때 조각상은 다정했다고

매일을 쓰러뜨리는 포즈는 납작하다
따뜻함을 잃지 않으려는 반복으로 담장이 자란다

좌우를 벌리는 체조 선수의 자전과 정확하게 중앙을 통

과하는 꼬리는 납작하다 우리는 땀을 흘리지 않는다
　조금씩 얼굴이 되어 간다면 온도가 높아질 텐데

그때부터 거울은 비틀어졌지
기이한 틈은 자는 동안 한 다발이 될 것이다

가까운 곳에서 시차를 견디며 온오프를 구분할 때까지
건너편은 곤두서 있다

번지는 빛을 옆구리에 끼고 걸었다
근데 양호하다는 건 뭘까

조금씩 자란다

일정한 간격으로 문은 돌아옵니다
왼팔을 삼키면 오른쪽 다리가 나타납니다
나의 더듬이와 너의 발가락이 만나
반짝,
너무 바삭하다면 나누어 가져도 좋습니다
하나의 테이블에
몇 개의 다리가 눌어붙어 있나요
나무는 더 이상 자라지 않고
자라는 모습을 더 이상 들키지 않고
해묵은 노래를 듣고 싶지 않아서
귀가 없지요
그림자가 나를 버리고 도망가지요
허리를 구부려 나뭇잎을 뒤집어 봅시다
뒤집혔다고 생각한 것을 다시
한번 뒤집어 봅시다
안은 저렇게 새까맣군요
얼굴은 언제부터 놀라고 있었을까요
꽃이 피었다면
그건 잘 찍은 사진 한 장
노크하기 전 성호를 그어야 합니까

아에이오우 입 모양을 흉내 내는 순간에도?

구름은 녹슨 못에만 걸리고 점치는 대로 괘가 나오진

않지요

내가 찍은 발자국이 나를 완성합니다

이름표를 바꿔 달고 웅덩이를 지나

쉿,

뿔뿔뿔

목이 긴 소녀가 서 있습니다

호박죽

가능한 모든 얼굴을 하고
가능한 모든 싸움을 했다

일요일이구나, 일요일
동그란 단어를 으깰 때의 표정

진눈깨비 내리는 아침을 저으며
당신은 뭉툭한 방향에서 긴 편지를 읽는다

빠진 발과 빠져나와 버린 발에 대해 생각할 때
뻗어 가는 덩굴이 인도하는 길을 생각할 때

꼭 발음해 보고 싶었던 모음을 향해 입을 벌렸다

보이지 않게 새겨진 잔금을 매만졌다
노랗게 부푸는 바람을 내어 주는 손이 있었고

커튼 사이 무한한 날갯짓이 느껴졌다

너무 오랜 이름 같은 벌이

거기 있었다

측정할 수 없는 포근함이 흘러넘치는
안쪽을 두고

마주 앉아 같은 음악을 듣는 우리가
같이 뭉개진다는 것을 생각할 때

혀끝에서 식는다
앞서가는 구멍마다 구멍이 자란다

제5부

튤립

평화로운 날이 지속되었다
벌어질 것처럼 아름답고 험한
우리를 가두면

그건 아주 오래전 일이라
그런 채로 두면 자주 날파리가 끓고 숨소리처럼 끊기고
오므라들어서
한 쌍의 뿔이 곪아 간다

우리의 말이 투명하게 비치는 물속에는
차고 단단한
겨울
고요한 성의 문을 열고 들어가는
겨울

무성한 빛을 이루었어
선잠의 오라기, 말더듬이의 오라기 자꾸 무언가 날린다
바람이 없는 곳에서
오라기의 오라기 오라기와 오로로 휘파람을 부는 비처
럼 눈처럼

몰락
하는 중이었어

네가 잠을 잘 때 너는 어디 있는 거지
얼음 밑으로 흐르는 물

한꺼번에 풀려 버리는
이 이야기의 시점은

붉은 나무의 발끝을 보며 우는 장면에서 시작된다 안
개비 고산지대의 안개비 서로를 끌어안을 수밖에 없는 낯
선 풍경이다

영영 망가지길 원했는지 모르잖아 사랑하기도 전에 되
는대로 지껄여 버렸어
거의 지워진 그늘 속에서
젖은 신발들 나란한 악몽

복잡했다기보다는 어두웠으므로
//////////////////////////////////

여섯 다섯 넷 셋 둘 부러진 지팡이
대피소 수챗구멍을 걸어 다니는 쥐처럼
/////////////////////////////////////
잔잔하게 벗겨지는 물가 흙 취약한 말
어지럽혀진 요일 뭉치를 건져 올린다

매일 너무 밝은 장면과 싸웠고
너는 바짝 자른 머리카락을 가린 채로 걸어갔다

여름, 웅성임, 견지

—

말라붙은 얼룩
최소한의 발버둥

어눌하게 읽어 내려갔어 곱슬거리는 예보와 자주 위치
를 바꾸는 테이블
사과를 잃어버린 손으로 인사한다

흔들어 봐야 아는 푸른 잔
따라 할 수 없는 발음이 가득한 아침

어제의 너는 이해를 주고 동정을 받았더구나 한 모금의
물로도 언제든 비참해질 수 있다고 한 말
다 듣지 못하고 웨이터는 엎드려 잠이 들었지
창밖을 봤니?
스치듯 나리는 여름의 눈보라
나는 너를 일으켰다

누군가의 기도처럼 텅 빈 창문과 막힌 굴뚝을 지났어 어
울리지 않는 귀걸이를 하고 비틀거렸어 시도 때도 없이 내
가 여기 없다는 생각에 발이 닿지 않았다

—

아줌마 이상해요 담장 아래서 키득거리던 꼬마들 이봐 너흰 어떻게 걷니 왼발 오른발 소리 없이 웃다가 죽이기도 하니 맹물을 맛있게 넘기는 척도 하니
경멸에 대해 무슨 토의를 했니

흔들리면서 깨무는 버릇 부드러워지고 싶다 좋아하는 여름 과일을 만나면 나는 허물없이 무릎을 꿇고 껍질을 깎고 싶어

이상기후에도 곧 망가질 것처럼 우리는 떠났다

청평호에 가면 청평호를 돌아나온다

튜브

처음보다 엉망이어서 좋았다 벌름거리는 콧구멍 기타
노 다케시처럼 움직였다 한여름의 뜨거운 태양이 있었다
여기는 거리가 없어 슬픔도 반짝인다

바다 앞에서 바다가 있다고 외치는 사람들 이보다 큰 행
운은 없을 거야 모래를 쓸어내리며

사실은 사실을 무릅쓴다 모래 깊숙이 알을 까는 무엇처
럼, 그런 해양생물, 까놓은 알처럼 작게 웃을 것 같은 존재
의 이름, 지금 나는 모른다, 백과사전을 꺼낼 수 없다 모
두 젖어 버릴 테니까

벌써 세 번째 일기를 쓴다 오늘오늘오늘
마지막엔 정말이지 원하는 결말을 슬쩍 끼워 넣고 파
도를 기다린다

무관한 서로로 이루어진 사전
닿지 않는 수심을 떠도는 다리처럼

깊은 이완이 필요해 나를 훑고 가는 맥락

어디에나 있는 박자와 리듬을 믿으면 어디서나 당할 수
있는 박자와 리듬이 된다고
　나는 생각

　해 봤던 것을 다시 해 본다
　구성은 반복을 구조화한 것
　타인에게는 들리지 않는 목소리

　짜지 않고 투명한 물 한 잔을 마시면
　바다는 기절한다
　저 자신에 대해 충격을 받는다
　인간은 쓴다

　둥근 가장자리의 텅 빈 심연을

밤의 흰 사과

말해질 수 없다
어떤 영역은

쉽게 부패한다

그러니까 안과 밖이 없다
얼음을 떼어 낸다

씹었습니까 삼켰습니까
던졌나요 뱉어 버렸어요

짐작할 수 없어서
각자의 얼굴부터 깨끗이 헹구게 된다

발끝은 여기 두고
믿고 파헤치고 받아들이며
겁 없이 달, 콤 콤 콤

목청껏 빛이 샌다
무른 결이 엉긴다

너는 너의 천변을 나는 나의 천변을 지킨다
흐르는 따뜻한 물은 신기하다
기적은 그저 폭신한 깃털로 이루어진다

그 많은 천사가 다 가짜였던 거야
물음인지 단정인지
머리카락을 세운 불이 식지 않는다

물에 뜬 신발처럼 뒤집힌다 가볍게 점령하는 쪽으로 두
눈을 가리고

여전히 붉어지는 말이 내피를 두르며 겨우 존재할 때

좁은 목구멍이 아프도록
파문을 삼킨다

쥐었다 펴면 피가 돈다

부추

대체로 싱겁고 질긴 운동을 한 후
빛에 반사된 눈으로 살았다

질문을 하면 덮치는 느낌을 이해했다
돌아누운 세계에서 커튼을 칠 때

사람 나이로 치면 여든이 넘은 개가
잠을 설치는
이런 밤에는

땅이 되려고 고르게 퍼지는 흙이
잘 보인다

한번은 한번의 방식으로 지나간다

세수하는 모습은 물과 빛으로 이루어지고
누군가 넘어지는 모습은 모멸로 이루어진다고

나는 나에게만 말할 수 있다
따뜻한 것을 잘 감추는 법에 대해서도

물가 흙을 퍼 와 부추를 심고
부추가 자라면
문구용 칼로 베어 냈다

어디까지 갈 수 있나
묻는 사람이 여름을 정했다

가정과 병원

두 번째로 헐었을 때 병원에 갔다 점심 후였고 아픈 사람이 모두 쏟아져 들어오기에 충분한 실내였다 투명한 유리창과 폭신한 의자를 차지하고 혀를 움직였다
바깥은 한산했다

밤이 되면 낮의 질서를 떠올리지 않았다
덜 마른 나뭇가지 하나가 끼어 있었지만 적재된 것의 평화를 거부하기란 어려웠다

구름과 구름에 밀착한 구름이 쉴 새 없이 그늘을 만들었다 하나의 표정 하나의 장면이 개별적으로 느리게 뭉개졌다

전문가는 같은 질문을 했다 창백한 손을 모으고 내 눈을 피하지 않았다
민물고기의 꼬리 같은 빛이 사방에서 흔들렸다 부드럽게 깨진 안쪽을 보여 주기 위해

아

작은 방마다 사람이 있었다 몸을 펴거나 펴기 위해 진심으로 행동하고 싶을 때 문은 항상 열려 있어야 하고 수용해야 하며……

조항은 약봉지를 흔들 때마다 드러났다 그것을 꼼꼼하게 읽어야 한다, 고 나는 생각했다 단지를 벗어난 인도를 따라 천천히 걸으며
나를 포함한 사거리마다 사거리라고 주장했다

파스타

감아올릴 때 뼈는 부드러웠어. 테니스공은 날아가다 멈추고. 라켓은 여기 하나, 저기 하나. 창에 비친 나는 투명해졌지. 우리는 가깝게 태어나려고 반대로 회전. 나눈 것은 길고 긴 악수였나. 깃을 세웠어. 의자는 등을 돌리고 앉은 나를 겨누었지. 어깨를 기댄 채로 볼의 붉은 부분을 떼어 내며. 목 아래 그림이 녹슬고 있어. 휘감고 오르는 계단은 볼록해졌어. 다 같이 그림자를 끌고 달린다. 공원의 왼쪽에서. 늘 그런 것들이 신선해. 왼손에 포크를 쥐고 바라봤지. 덮어 놓은 『하얀 테이블』이 테이블을 지킨다. 책의 입구를 누르면 너는 입을 열었어. 트랙을 따라 도는 회전문은 고르게 달아오르고

방금 벗겨 낸 토마토의 얼굴.
줄이 끊어지는 순간은 계속된다.

생일

주먹을 펴지 않습니다. 낙하법을 잊었으므로. 케이크에 빠진 대화. 조금 자라나 출렁입니다. 발끝을 세우고 돌아보는 이는 생략.

미끄러진 뒷모습이 달이 되어 가는 동안
테이블보를 세탁하기로 합니다.

오후, 너무 큰 입 하나가 벌어지고 있습니다.
그렇게 시작되었습니다.

양 볼에 번진 크림처럼
무늬를 닮은 얼룩처럼

어긋난 플라스틱 부리 속에서 방향을 뒤집니다. 허리를 굽히고 들어오는 바람의 속삭임. 긴 손가락을 뭉쳐 버릴 수 있습니다. 하나가 아닌 열이 될 수도 있으니까요. 다가오지 않고 그려지는 우둘투둘함이란 몇몇의 증인과 미숙한 계산법을 동원합니다.

시작되지 않은 오늘을 던집니다. 손이라는 바닥, 작아

졌다 커집니다. 삼삼오오 날아가는 새들 갸우뚱합니다.
덩달아 나도 그렇게 되어 갑니다. 우리는 남아 있습니다.

등

그렇군
등에 걸린 사람은 멈춰 있다

비가 내린다 한쪽 끝을 놓지 않고
자라나는 식물이 있다

K가 묻고 K가 답하는 의자에서
처음부터 끝까지 비어 있는 곳

두꺼비집에 남는 손등
창에 비친 나는
혼자만 불을 켠 나

무화과나무에서 무화과가 벌어지고
파도는 파도를 밀며 생겨났다

쓸모없이 가볍고 아름답게 굽은 조개
이런 색이 올 줄 몰랐지 계단의 긴 뼈를 미끄러지며

감았던 실을 다시 풀 때

나는 건너기 위해 묶여 있나

그동안
그동안

찌르는 것은 모두 홀수구나
이듬해를 사는 불분명한 장미가 있었고

짜려던 게 이 그물입니까
뒤집어써도 우산인 우산이 필요했어요
목소리를 삼킨 지팡이
가파른 생몰처럼

젖어 가는 수백 장의 종이와
한 사람이 잠든 기도
나무를 안아 본다

가이드

한발 앞서 걷는 노인이여
당신은 당부합니다

멀리 있어야 해요 조각난 삶보다 조금 멀리

지도를 벗어나
마을의 수사를 닦아 내세요
어제와 비밀, 암송할 수 있는 재의 기도문까지

놀라거나 소리 내지 마요
침투하고 떠오르는 얼굴이 거품처럼 말라 버려도

생겨날 겁니다
색을 입은 새의 발성이
빛에 관해 씌어지지 않은 문장이

네게 가하는 종소리처럼
작은 장소들

가능한 모든 얼굴

고봉준(문학평론가)

1. 밤, 그리고 낮

말해질 수 없다

어떤 영역은

쉽게 부패한다

—「밤의 흰 사과」 부분

서춘희의 시는 난해하다. 일반적으로 '난해함'은 부정적 판단을 완곡하게 표현한 것인 경우가 많지만, 서춘희 시의 난해성에 대해서는 다른 접근이 필요할 듯하다. 'killjoy' 라는 영어 표현이 있다. 흔히 '분위기를 깬다'라고 해석되는 이 표현은 일상적인 용법과 달리 암묵적인 합의에 균열을 발생시키는 것, 상식적인 믿음이나 상투적인 감각을 뒤

흔드는 싸움/도발의 행위를 의미한다. 나는 서춘희의 시가 그렇다고 생각한다. 그녀의 시는, 좋은 시는 반드시 의미가 명료하고 이미지의 통일성이 뒷받침되어야 한다는 등의 관습적인 믿음에 복종하지 않는다. 이 싸움/도발이 의도된 것인지 확인할 수는 없지만, 말해질 수 없는 영역이 존재한다는 저 진술에 기대어, 나는 그것이 의도가 아닌 욕망, 즉 '날것'의 목소리가 발생시키는 효과라고 판단한다. 세상에는, 그리고 우리의 삶에는 분명 말해질 수 없는 것, 또는 말로 표현할 수 없는 것이 존재하니까. 모리스 블랑쇼의 말처럼 '밤'은 '낮'의 연장이 아니며, '낮'과 '낮' 사이의 휴식 시간도 아니다. 그것들은 다른 세계, 다른 질서에 속하는 것이어서 번역이 불가능하다. 문제는 우리가 쓰고 있는 '언어'가 낮의 세계에 속하는 것이라는 점, 그리하여 '밤'의 경험을 그대로 표현할 수 없다는 점이다. 따라서 말해질 수 없는 것은 말해질 수 없는 방식으로만 말해질 수 있다. 왜 '밤'의 질서가 '낮'의 질서에 복종하지 않느냐고 묻는 것은 무의미하다. 우리는 이 두 세계 사이의 차이, 즉 재현될 수 없는 것이 등장할 때 '난해하다'는 반응을 보인다. 물론 난해함을 해결하기 위해 쉽게 표현하라고 주문할 수도 있을 것이다. 그때, 그러니까 '밤'의 세계를 '낮'의 질서로 표현할 때, 그것은 "쉽게 부패한다". 이 시집에 수록된 서춘희의 시편들은, 그러므로 '밤'의 세계를 '밤'의 (불가능한) 언어로 표현한 것으로 이해해야 할 듯하다. 물론 그것은 힘든 과정이 될 것이다. 그 세계로 들어가는 몇 개의 입구를 제시하는 것이 이 글에 부여

된 임무일 것이다. 나머지 문들을 찾는 것은 독자의 몫이다.

2. 극(劇)과 극(極)

시집을 펼치면 5막짜리 극이 시작된다. 1막의 등장인물
은 1인칭 '나'이고, 시간적 배경은 1980년, 그러니까 시인
이 태어난 해이다. 1막은 '나'의 출생에 관한 내용이며, 주
요 사건은 "사랑할 수 없는 사람들이/내가 그린 원으로/비
집고 들어와/손도 씻지 않고 잠이" 드는 일이다(「극 1980」).
이 사건은 이중부정이다. "내가 그린 원"이란 '내'가 구성한,
'나'의 세계이니 화자의 허락 없이 누군가가 침입한다는 것
은 세계 자체에 심각한 균열이 발생한 부정적 사건일 수밖
에 없다. 게다가 무단으로 침입한 주체가 "사랑할 수 없는
사람들"이므로 상황은 한층 더 문제적이다. 화자에게 '출생'
은 자족적 세계가 형성되는 긍정적 경험이기 이전에 세계
가 훼손되는 부정적 사건으로 경험된다. 이처럼 정신분석
학이 말하는 '빗금 처진 주체($)'의 탄생이라는 심리적 드라
마가 서춘희의 시 세계를 견인한다. 그녀에게 탄생이란 세
계가 훼손되는, 혹은 세계를 잃어버리는 사건이다. 아니,
'세계' 자체가 거대한 폭력으로 다가오는 것이라고 말해도
좋지 않을까. 2막의 시간적 배경은 1983년, 그러니까 "내
가 태어난 지 삼 년이 흘렀다"고 알려진 때이다. 화자는 자
신의 생애와 관련된 시간을 "흘렀다고 합니다"처럼 타인을
통해 확인된 사실처럼 표현한다. 화자에게 1983년은 어떻
게 기억될까? "자꾸 살아야 할 일을 만들지 마/나는 문 뒤

에서 혼자 말하고/웃었어요"라는 진술이 암시하듯이 그 시간은 '삶'보다는 '죽음'에 가까운 시간이다. 그리고 1983년의 '나'는 '집'으로 돌아가는 길을 잃었다. "다시 눈이 내리고/집으로 가는 길은 지워졌습니다".(「극 1983」) 여기에서 '집'과 그것의 상실은 경험적 사실은 아닐 것이다. '집'으로 돌아가는 길을 잃었다는 것은 실존을 보호할 외피가 존재하지 않음을, 날것 그대로의 상태로 세상에 내던져졌음을 의미한다.

　　(여든 살의 내가 쓰러진 나무에 앉아 독백을 시작한다)

　　난 늙는 게 좋았어. 어서 늙고 싶었어. 죽고 싶었다는 건 아니야. 죽음은 두려웠어. 생각할 수 없으니까. 일요일 아침마다 종이를 태웠어. 그해를 떠올리면 물을 뿌릴 때 내려앉던 재의 기분만 남아. (나무 뒤에서 새 한 마리 걸어 나온다) 이 새 이름이 뭐예요? 새 이름 아는 사람 없어요? 이름도 모르고 갖다 쓰면 어떡해. (새의 가슴에 귀를 가져다 댄다) 어쩜 이런 소리가 날까?

　　(바닥에 털썩 주저앉는다)

　　폭설이 이어지는데 눈이 한 줄도 쌓이지 않았어. 따뜻하게 목을 조르는 기분, 저기 어디쯤 당신이 있을 텐데 그런 생각에 잠기면 나는 걷고 있었어. 어머니는 물건을 팔았어. 식료품, 여러 종류의 과자. 다행인지 불행인지 비싼 건 없었어. 새 울음소리 같은 어머니 목소리가 늘 그리웠어. (새, 내 주변을 기웃거린다) 어머니 얼굴이 손님의 뒷모습

에 가리면 그게 왜 그렇게 쓸쓸한지. (무대 뒤 설치된 벽
으로 물 흐르는 영상) ○○○○○○○○○○○○○○○○○
○○○○○○○○○○○○○○○○○ ○○○○○○○○○
○○○○○○○○○○○○○○○ ○○○○○○○○○○
○○○○○○○○○○○○○○○○○○○ 오래 죽어 있었
어. 여윈 개가 어머니의 이마에 입을 맞추었어. 푸르게 변한
한낮의 빛이 나를 통과하는 걸 실감했지.

　(암전)

　(막이 열리면 아무도 없다 벽에 자막)

　갈 만한 거리는 다 걸었어. 나는. 나는. 짖지. 호령. 나열. 미
래. 여기에선 고물을 어떻게 처리할지만 고민해. 당신이 오래전
버린 거울의 유리가 내 귓속을 흐르고 있어.

—「극 2060」전문

　이것은 "여든 살의 내"가 하는 독백이다. 하이데거가 주
장한 '기투(Entwurf)'의 시적 버전이 이런 것일까? 시인은
자신을 '여든 살'의 순간, 그러니까 미래를 향해 던져 놓았
다. '여든 살'의 '나'는 자신이 오랫동안 '늙음'을 갈망해 왔
다고 고백한다. 늙는다는 것, 그녀에게 '늙음'은 '죽음'이 아
니라 '생각할 수 없음'의 동의어이니, 이것은 '생각'이 오랫
동안 '나'를 괴롭혀 왔다는 고백이기도 하다. 5막으로 구성
된 연극에서 이 '생각'의 실체는 구체적으로 제시되지 않는
다. "일요일 아침마다 종이를 태"운 '그해', 폭설을 배경으
로 '당신'이 등장하는 장면, 어머니가 물건을 파는 장면, 그

런 어머니의 목소리를 그리워하며 주변을 맴돌았던 기억들……. 화자는 오랫동안 저 원초적 장면과 기억을 갖고 살았고, 또한 그것들을 '생각'하지 않으려고 애쓰면서 살아야 했던 듯하다. "푸르게 변한 한낮의 빛"이란 그 원초적 장면들이 화자를 관통함으로써 실존에 생긴 변화를 암시하는 것이 아니었을까. 물론 이 시는 '미래'의 목소리이므로 아직 현행화되지 않은 것이라고 말할 수도 있다. 하지만 기억의 조각들에 색을 덧칠하는 것이 바로 현재의 삶이다. 그러니까 시집 제1부를 구성하고 있는 5막짜리 연극은 과거(1980, 1983, 1985), 현재(2021), 미래(2060)라는 세 가지 시간의 양태를 배경으로 실존의 문턱들을 제시하고 있지만, 인간 실존에 있어서 과거와 현재의 복잡다단한 관계를 제쳐 둔다면, 미래의 목소리는 미래가 아닌 과거나 현재의 자아가 지배하는 것으로 이해하는 것이 상식적일 듯하다. 요컨대 「극 2060」의 내용은 상상된/만들어진 미래이다. 물론 '상상된/만들어진 미래'가 곧 무의미한 것은 아니다. 그것은 사실의 층위가 아니라 현재의 진실, 그러니까 현재의 화자가 자신의 삶을 어떻게 경험하고 있는가를 보여 준다. 시에서 과거, 또는 미래를 배경으로 발화되는 것들의 실존적 시제는 항상 현재이다. 시인은 「극 2021」에서 두 명의 '나'를 등장시켜 부조리한 상황에 직면하고 있는 실존의 현재 상태를 표현한다.

3. 실내

서춘희 시의 화자들은 실내형(室內型) 인간이다. 근대문학에서 '실내'는 '방'과 함께 자아의 성소(聖所), 부르주아적 내면의 세계에 대한 메타포로 통용되어 왔다. 유년 시절에 대한 발터 벤야민의 회상, 혹은 카프카의 「변신」이 현대문학, 문학의 현대성에서 대표적인 위치를 차지하는 까닭은 그들의 글쓰기에서 '방'이 부정적 공간으로 그려지기 때문이다. 벤야민은 특유의 '실내' 경험을 통해 "수십 년 동안 안정과 소유 관념에 매달려" 온 시민계급의 타성을 비판하고, '흔적'을 남기지 않는 방랑자로서의 삶을 강조하기도 했다. 서춘희의 시집 제2부에 수록된 몇몇 작품들은 이러한 실내 감각을 환기한다.

방은 차고

동전은 언제 죽나 그런 질문이나 하면서 오후를 보냈다
그다음은 비어 있었다

밀가루와 달걀을 뒤집어쓴 녀석들이 찾아와 돌을 던졌다
이유 없이
키득거리고

담을 따라 유리 조각을 심었다 푸르고 투명한
자국을 원했지만 이 말을 누구에게 한 건 아니었다

더 기쁜 손뼉을 쳐야 할 때 나무에 불을 붙였다

다음 해에도 다음 해에도

엇갈리게 쌓은 가지가 타올랐다

마당은 유리에서 튕겨 나온 빛으로 가득했다

나중에 떠올리면

어째서 아무 소리가 들리지 않을까

—「못 1」부분

　시집의 제2부에는 '못'에 관한 세 편의 연작(連作), 그리고 "숨는 사람"이라는 같은 제목의 연작이 네 편 수록되어 있다. 물론 이 '실내' 세계는 제2부의 시작점에 배치된 「밝은, 성모,안과」 즉 '빛'에 관한 작품을 통과해야 들어갈 수 있다. 서춘희의 시는 연작, 또는 유사한 이미지의 반복과 중첩을 선호하는데, 이는 다분히 전략적인 발화 방식처럼 읽힌다. 현대 회화가 원근법의 지배에서 벗어남으로써 회화를 재현(representation)에의 강박에서 해방시켰듯이, 서춘희의 시적 진술들은 마침표 대신 콤마(,)를 넣거나 다양한 음성적 자질들을 원용함으로써 발화의 경계를 모호하게 만들고, 특히 응집력이 극도로 떨어지는 방식의 진술들을 나열함으로써 하나의 내러티브를 찾으려는 독자의 욕망을 끊임없이 미끄러지게 만든다. 그렇기 때문에 '연작'이라는 것은 각각의 것을 독립적인 작품으로 읽는 데서 멈추지 말아야 한다는 것, '연작'에 포함되는 다른 작품들과 겹쳐 읽으라는 제

안을 이미-항상 내포하고 있는 형식이라고 이해해야 할 듯하다.

"못 1"이라는 제목을 확인하고 작품을 읽은 대부분의 사람들은 이 작품이 우리가 알고 있는 '못(nail)'과 어떤 관계인지 의아해할 것이다. 게다가 이 시에서는 단일한 내러티브, 흔히 '내용'이라고 말해지는 것을 찾기도 어렵다. 그렇다면 어떻게 '못'의 세계에 접근할 수 있을까? 먼저 이 시에서 화자가 위치하고 있는 공간에 주목해 보자. 1연에서 화자는 "방은 차고"라는 진술을 통해 자신이 위치하고 있는 곳, 그리고 그곳의 상황을 암시하고 있다. 이 정보들을 종합하면, 화자는 차가운 '방'에 머물고 있다. 그녀는 자신의 '방' 체험을 "동전은 언제 죽나 그런 질문이나 하면서 오후를 보냈다/그다음은 비어 있었다"라고 진술하고 있다. 서춘희의 시에서 자주 목격되는, 커뮤니케이션의 맥락에서는 명확히 비문(非文)이라고 말할 수 있는 진술들, 그리고 '의미'로 회수되지 않는 진술들은 감정, 느낌 등을 동원하여 상상으로 채워져야 한다. 이러한 의미의 공백 지점이 많을수록 독자의 시 읽기는 힘들어지고 이른바 '난해성'의 시비에 휘말릴 가능성은 높아지지만, 시인에게 그것은 불가피한 일이다. "동전은 언제 죽나"라는 질문은 질문이 아닌, 질문이 될 수 없는 질문이라는 점에서 '질문'이라고 말할 수 없다. 그것은 할 일이 없는 '오후' 시간을 보내기/견디기 위해 고안된 것일 뿐이며, 그런 무의미한 질문마저도 '그다음'에는 비어 있다. 한편 집 바깥에서는 "밀가루와 달걀을 뒤집어쓴 녀석들이 찾아와 돌"을 던지고, "이유 없이/키득거"린다. 화자는 이러한 '녀석들'의 폭력에 고스란히 노출되어 있으나 어떠한 도움도 받을 수 없는 상황이다. 그리하여 그녀는 "담을 따라 유리 조각을 심"는다. 함부로 넘어올 수 없는 장치를 마련함으로써 최소한의 방어를 시도하는 것이다. 그런데 이러한 '방어'는 화자가 집 밖으로 나가는 순간 무용지물이다. 이러한 상황에서 자신을 지킬 수 있는 유일한 방법은 집 또는 방, 즉 경계의 내부/실내에 계속 머무는 것밖에 없다. 「못 1」이 '담장'을 경계로 외부/세계의 폭력성에 직면하고 있는 화자의 모습을 드러낸다면, 「못 2」에서 그것은 "악어는 입을 까마귀는 정수리를 늙은 개는 상한 뿌리를 문턱에 대고 문질렀다 방에는 일어서려고 노력하는 사람이 있었다"처럼 '방문(房門)'을 경계로 한 사건으로 변주된다. 「못 1」에서는 '녀석들' 즉 남성이, 「못 2」에서는 '악어, 까마귀, 늙은 개' 같은 짐승이 각각 폭력의 주체로 제시된다는 사실이다. 그렇다면 '못'이라는 기호는 어떻게 이해하면 좋을까? 나는 '못'이 두 가지 의미로 해석될 수 있다고 생각한다. 먼저 그것은 "삭막하게 긴 꼬챙이 같은 빛이 파고든다"(「숨는 사람―이른 아침이 왜 가위 같은지 아니」) 같은 표현에서 강조되는 공격성, 즉 화자를 겨냥한 세계의 폭력성을 상징하는 것이라고 읽을 수 있다. 다른 한편으로 그것은 '집'과 '방'에 유폐된 상태, 즉 감금/고정된 상태에서 삶을 견뎌야 했던 화자의 실존적 상태를 드러내는 기호라고 읽을 수도 있을 듯하다. "비극은 나를 고립한다 검은 비닐봉지를 씌운다"(『덤불』)에서의 '고립' 또한 유사한 이미지이다.
물론, '못'의 세 번째, 네 번째 의미를 생각하는 것도 얼마든
지 가능할 것이다.

부끄러움 없이 나는 뜬다, 들어찬 빛을 꺼 달라고, 의사
는 기다란 손전등을 좌우로 쏘이며 불편한 점을 묻는다, 너
무 밝다는 거 불편하지 않나요, 시력 감퇴는 정서적 결핍을
초래합니다, 하찮게 보이는 사물이 당신의 아이처럼 자란
다고 생각해 보세요, 두드러지는 증상은 누구나 비슷합니
다, 보이지 않는 안쪽이 화단이라면요, 계절마다 아픈가요?
몸 한가운데 눈동자를 심을 순 없나요, 모든 질문에 답이 필
요하지는 않은 것처럼, 내가 있다고 생각하면 의문이 풀리
듯 꽃이 피잖아요, 나뭇잎이 죄다 나무의 눈동자라면, 찰칵
찰칵 눈을 뜰 때마다 순간을 죽이는 거라면, 환자는 누워서
도 편지를 쓰는 이들이에요, 보는 방향에서 보이는 방향으
로 병목에서 시곗바늘로, 깍지를 끼려는 감정 같아요, 깨질
것 같지 않은 유리에 익숙해졌어요, 안식년의 하루 같은 기
쁨을, 빛에 묶인 두 손을 모조리 탕진하고도 구멍 난 곳 어
디 없나, 걸인이 되어도 마땅해요, 윤기 나는 털을 쓸어내리
며 개의 눈을 감겨 주었어요, 좌우는 같거나 영원으로 맞춰
지는 거 불편하지 않나요, 회전, 다시 회전, 목마른 빛이 떠
다녀요

—「밝은,성모,안과」 전문

이 시는 시인의 초기작 가운데 하나이다. 여기에서 주목할 점은 '빛'에 대한 화자의 태도이다. "밝은,성모,안과"라는 제목과 시적 상황을 종합해 보면 화자는 '눈'에 이상("들어찬 빛")이 생겨 안과를 찾았음을 알 수 있다. 따라서 "나는 뜬다"라는 진술은 안과용 진료 의자에 앉은 것으로, 이어지는 진술들은 화자와 의사의 대화 장면임을 짐작할 수 있을 것이다. 상식적인 차원에서 '빛'과 '밝음'은 긍정의 메타포이다. 하지만 이 시에서 "들어찬 빛" "너무 밝다는 거" "빛에 묶인 두 손" 등으로 변주되는 '밝음/빛'은 불편한 것, 곧 질병의 징후로 등장한다. 게다가 "좌우는 같거나 영원으로 맞춰지는 거 불편하지 않나요"라는 진술처럼 화자는 '균형'과 '영원' 또한 불편한 것이라고 진술한다. 의학적으로 '불편한 것'은 곧 질병이니 그것들을 질병의 기호라고 불러도 과장이 아닐 것이다. 이것만이 아니다. "빛은 끔찍하다 비타민 냄새처럼"(「숨는 사람―빛은 끔찍하다 비타민 냄새처럼」), "교묘하게 서로 익사시키는/밝은 밤, 밝은 밤이 좋다"(「덤불」), "어제는 환한 알약을 삼키고/입이 없는 꿈을 꾼다"(「선뜻」), "매일 너무 밝은 장면과 싸웠고"(「튤립」) 등처럼 서춘희의 시에서 '밝음/빛'은 대부분 부정적인 것으로 의미화된다. '밝음/빛'을 부정적인 것으로 경험하는 이러한 상상력은 시집 제2부에 수록된 네 편의 「숨는 사람」 연작과 무관하지 않은 듯하다. 시적 진술 자체가 파편화되어 있어서 이 연관성을 구체적으로 입증하기는 어렵지만 "숨는 사람"이라는 인물을 주체로, 그것도 반복적으로 등장하는 주체로 설정했다는 것은 무척 징후적이다. 뚜렛증후군을 앓는 환자의 반복적인 과잉행동처럼 '반복'은 그 자체가 하나의 징후이다. "숨는 사람"이라는 주체-형상의 반복에서 주목할 점은 "여자는// 동네에서 먼 곳까지/자주/발견되었다"(「숨는 사람—빛은 끔찍하다 비타민 냄새처럼」), "오빠와 아빠가 만나면 오바이트가 된다"(「숨는 사람—오빠와 아빠가 만나면 오바이트가 된다」)처럼 시적 장면과 사건이 젠더화되어 있다는 사실이다. 「못」 연작에서 폭력의 가해자가 '녀석들=남성'이고 피해자가 '나'였다면, 「숨는 사람」 연작에서 그것은 한층 분명하게 '가해자=남성' 과 '피해자=여성'의 형상으로 제시된다. 사정이 이러하다면 '실내'는 자아가 선택한 장소가 아니라 그녀들에게 강제된 사회적 공간이라고 읽어야 할 것이다.

4. (불)가능한 각도

당신은 나를 나무라고 생각한다 큰 귀에 쌓인 먼지를 당신의 어제와 동일시한다 불어넣을 말이 많구나 까슬한 껍질이 떨어지면 우산을 접고 담요를 덮는다 『나무의 슬픔』이라는 책을 들고 찾아와 실은 아무것도 아닌 슬픔을 올려 둔다 그러니까 언젠가부터 당신은 나를 키운다 비밀을 옮겨 적으며 줄을 친다 노란 무와 병아리와 오리를 본 적 있니 막 벌어지는 봉오리는 어떠니 노을에선 얼음 갈리는 소리가 난다 이럴 땐 살갗이 일어 넌 상상이 얼마나 해로운 줄 알지 당신은 악수 대신 나를 포옹한다 문을 열거나 닫지 않고 매달

리는 풍경이 된다 그건 슬픔을 간직하는 방식이다 일치하지
않아 가능한 각도를 생각한다 들어가 본 적 없는 방의 질감
을 생각한다 지루하게 뻗어 가는 구름을 물에 개어 준다 영
원하지 않은 꿈을 꾸렴 시계탑 아래서 우연히 만난 사람처
럼 발등에 그림자를 떨어뜨린다 나를 길―게 부른다

　　　　　　―「당신은 나를 나무라고 생각한다」 전문

　여기에서 중요한 것은 '나'와 '당신'의 '관계', 그리고 몇
몇 서술어들이다. 2016년, 시인이 등단한 지 얼마 지나지
않아 발표한 초기작들 가운데 하나로 이 작품을 처음 읽었
을 때, 나는 이 시를 시론(詩論) 그러니까 시에 대한 시인의
태도를 집약하고 있는 작품이라고 생각했다. 이 시는 '나'
와 '당신'의 '관계'가 시 전체를 견인하고 있으므로 어떤 사
람들은 '나'와 '당신'의 '관계'보다 '정체'가 더 궁금할지도 모
르겠다. 하지만 이 시의 핵심은 '나'와 '당신'의 '실체'가 아니
라, "생각한다"라는 술어, 그리고 잇달아 등장하는 "동일시
한다" "덮는다" "올려 둔다" "키운다" 등의 술어들이다. 이
시에서 '나'는 '당신'이 '나무'라고 생각하는 존재, 바로 그렇
기 때문에 '나무'가 아닐 가능성이 많은 존재로 추정된다.
하지만 '당신'은 '나'를 '나무'라고 생각하며, 그것도 부족해
"큰 귀에 쌓인 먼지" 즉 '나'의 일부분을 자신의 "어제와 동
일시한다". 문제는 '동일시'에 있다. 동일시란 같지 않은 것
을 같은 것으로 간주하는 것, 즉 개별성과 차이에 대한 폭
력이다. '당신'은 '나'를 '나무'라고 생각하는 데서 멈추지 않

는다. 어느 날엔가는 "『나무의 슬픔』이라는 책"을 들고 '나'를 찾아와 '슬픔'을 올려 두기도 했다. '슬픔'을 올려 둔다는 것, 그것은 '슬픔'의 감정을 '이입-투사'한다는 의미이다. 이제 '나'는 '나무'에서 한 걸음 나아가 '슬픈 나무', 아니 "나무의 슬픔"이 된다. 그런데 이때의 '슬픔'은 사실 '내'가 아니라 '당신'의 것이었다. 또한 '당신'은 '나'를 키운다. 그리고 "악수 대신 나를 포옹한다". "키운다"는 것은 비대칭적인 관계를 뜻하는데, 일정한 거리를 전제하는 '악수'와 달리 '포옹'에는 거리가 존재하지 않는다. 시인은 '나'에 대한 '당신'의 '생각', 그리고 감정이입과 동일시, 나아가 '포옹'을 폭력적인 관계로 판단한다. 만일 이 비대칭적 관계에 대한 성찰을 시(詩)에 적용할 수 있다면 그것은 전통적인 시작법과는 완전히 다른, 요컨대 감정이입이나 동일시 같은 폭력적인 장치를 사용하지 않음으로써 시인과 시적 대상이 새로운 방식으로 관계를 맺는 낯선 작품이 생산될 수 있을 것이다. 서춘희의 시편들이 실제로 그러하다. 그녀의 시적 진술들은 이미-항상 수행적이다. '무엇'을 수행하는가? 바로 "일치하지 않아 가능한 각도"일 것이다.

가지런히 눕는 법을 익혔습니다 때맞춰 차가운 밤이 돌고 머리를 맞대자 동시에 자랐습니다

연둣빛 손목에서 물방울이 구르는 아침까지 사랑했습니다 끝없는 비닐에 갇혀 웃었습니다 빗물은 버려진 목구멍을

파고듭니다 소리 없이 언제부터 그랬을지 모르는 일에 무릎
을 꿇었습니다

　흙을 파헤치듯 들어섭니다 주머니마다 텅 빈 곡선이
　밝은 집에서 미끄러운 돌까지 새의 따뜻한 거기를 느낍
니다
　주저앉지 않을 소문에 기대 향방 없이 나아갑니다

　어디선가는 모두 돌아오는 발, 약간의 도취가 필요합니다
　불안한 안개 속에서 개들이 목줄을 풀 때

　설명할 수 있나요 꿈에서 핀 불이 번져 오는 것
　매캐한 기도를 듣지 마시고
　두 눈의 마지막까지를 보세요

　살갗이 찢어지도록
　한 뼘의 깊이를 갖기 위해 태어나
　점령당하는
　알지 못하는 땅속에서
　　　　　　　　　　　　　　　　　　　—「파종」 전문

　몇몇 작품들에 대해 분석적인 읽기를 시도했지만, 서춘
희의 작품들을 모두 이런 방식으로 읽기는 불가능하다. 그
녀의 시편들은 특유의 반복을 통해 우리의 시선을 사로잡

131

지만, 기존의 작시법을 벗어난 방식, 즉 "일치하지 않아 가능한 각도"에 의해 생산됨으로써 익숙한 시선으로는 포착할 수 없는 기호들을 제시한다. 그런 점에서 "일치하지 않아 가능한 각도"는 사실 '불가능'에 가깝다. 그것은 기존의 시선으로는 보이지 않는 "들리지 않는 대화"(『칠월 목록』)에 가깝기 때문이다. 또한 그것은 "사그라지는 대화"(『흰색 회화』), "손이라는 바닥, 작아졌다 커집니다"(『생일』), "언젠가부터 스몰, 스몰/저미듯 태어난다"(『스몰』) 등처럼 고정적인 것들이 아니어서 언어로 지시하기도 불가능한 것들이다. 「여과」에서 화자는 "이름을 대지 않아 평온할 수 있는 밤"에 대해 이야기하는데 여기에서의 '이름'이란 지시(指示), 곧 '고정적인 것'을 의미한다. 요컨대 시인은 고정할 수 없는 것, 안정적인 방식으로는 결코 말해질 수 없는 것, 그리하여 언어화할 수 없는 불가능성을 자신만의 언어로 표현하려고 한다. 서춘희에게 시는 이러한 불가능성을 언어로 형식화하는 작업이다. 만일 이 작업을 목소리에 비유한다면 "변-성-기-들"이라고 표현할 수 있을 듯하다(『형통』).

시인은 불가능성의 방식으로 시를 쓰는 일을 '싸움'이라고 명명한다. 그것은 "나는 나의 파를 위해 싸운다"에서의 '싸움'이고(『파의 수척』), "가능한 모든 얼굴을 하고/가능한 모든 싸움을 했다"에서의 '싸움'이며(『호박죽』), "매일 너무 밝은 장면과 싸웠고"에서의 '싸움'이다(『튤립』). 그런데 이 싸움은 결코 낭만적이지 않으며, 희망적인 미래가 약속된 싸움도 아니다. 아니, 출생 직후부터 현재에 이르기까지, 제1부에 수록된 장막극을 인용하자면 2060년에도 여전히 진행형일 싸움이다. 하지만 언제나 싸움이 시인에게 유리하게 흘러가는 것은 아니다. 서춘희의 시에는 자신이 특정한 질서에 의해 길들여지고 있다는 자각과 그에 대한 심리적 반응을 암시하는 시어와 장면들이 자주 등장한다. 「파종」의 경우가 대표적이다. 여기에서 "가지런히 눕는 법을 익혔습니다" "끝없는 비닐에 갇혀 웃었습니다" "무릎을 꿇었습니다" 같은 진술들은 화자의 의지/욕망이 일시적으로 제압되었음을 드러낸다. 화자에게 '파종'이란 "알지 못하는 땅속에" 이식되어 "점령당하는" 경험의 일종이다. 이러한 리비도(Libido)의 좌절은 심리적인 반응을 불러온다. 시집 전체에 걸쳐 반복적으로 환기되는 우울, 불안, 공포 등의 정서가 바로 그것이다. 그 정서는 "불을 켜면 춥고 눈을 뜨면 한없이 추락한다"처럼 '추락'의 이미지로(「덤불」), "밤은 축축한 양말 속 같지 않니"처럼 '음습함'으로(「생각할 수 없는 일」), "만지면 불안한 것들/귀퉁이가 닳은 비누를 문지르면 종잡을 수 없는 방향으로 흐르기도 했다"처럼 '불안'의 감각으로(「칠월 목록」) 다양하게 변주되어 나타난다. 그런데 이러한 정서/느낌은 "말해질 수 없다/어떤 영역은"이라는 말처럼 말해질 수 없는 것에 속한다(「밤의 흰 사과」). "밤의 흰 사과"라는 제목도 그렇지만, "밤이 되면 낮의 질서를 떠올리지 않았다"라는 진술에서 암시되듯이(「가정과 병원」) '낮'과 '밤'은 전혀 다른 질서에 속한다. 이 번역의 불가능성에서 서춘희의 시가 시작되는데, 타자의 목소리로 말해진 그것은 우리

의 가청권을 벗어나는 것이어서 좀처럼 들리지 않는다. '밤'
의 언어가 그렇다.